Le destin de Napoléon Bonaparte

Loi n° 49-956 du 16 juillet 1949 sur les publications destinées à la jeunesse,
modifiée par la loi n° 2011-525 du 17 mai 2011
ISBN 978-2-09-256443-1
N° d'éditeur : 10216988 – Dépôt légal : février 2016
Achevé d'imprimer en janvier 2016 par La Nouvelle Imprimerie Laballery
(58500 Clamecy, Nièvre, France)
N° d'impression : 512208

petites histoires de l'HISTOIRE

Le destin de Napoléon Bonaparte

Hélène Montardre

Illustrations de Glen Chapron

Nathan

L'AVENTURE COMMENCE...

QUAND ?

Nous sommes en 1778, au mois de décembre.

OÙ ?

Sur la mer, au large de la Corse. Voici quelques années, la Corse appartenait à Gênes, une ville italienne. En 1768, Gênes a cédé l'île à la France. Mais la Corse est différente des autres provinces françaises : elle a sa propre organisation et une certaine autonomie.

MAIS ENCORE ?

À cette époque, c'est un roi, Louis XVI, qui gouverne la France. Il a placé la Corse sous un commandement militaire. Certains Corses sont très contents que leur île soit rattachée à la France. Mais d'autres auraient préféré rester italiens. D'autres encore voudraient que la Corse soit indépendante.

QUI ?

Napoléon Bonaparte est corse et il vit à Ajaccio. Il appartient à une famille de la noblesse, mais ses parents ne sont pas très riches. Son père, Charles Bonaparte, connaît beaucoup de monde. Il fréquente notamment le gouverneur militaire de l'île, le comte de Marbeuf, qui va l'aider à envoyer ses fils faire leurs études sur le continent.

Ce jour-là, sur le pont d'un bateau, deux jeunes garçons regardent les côtes de leur île disparaître dans la brume…

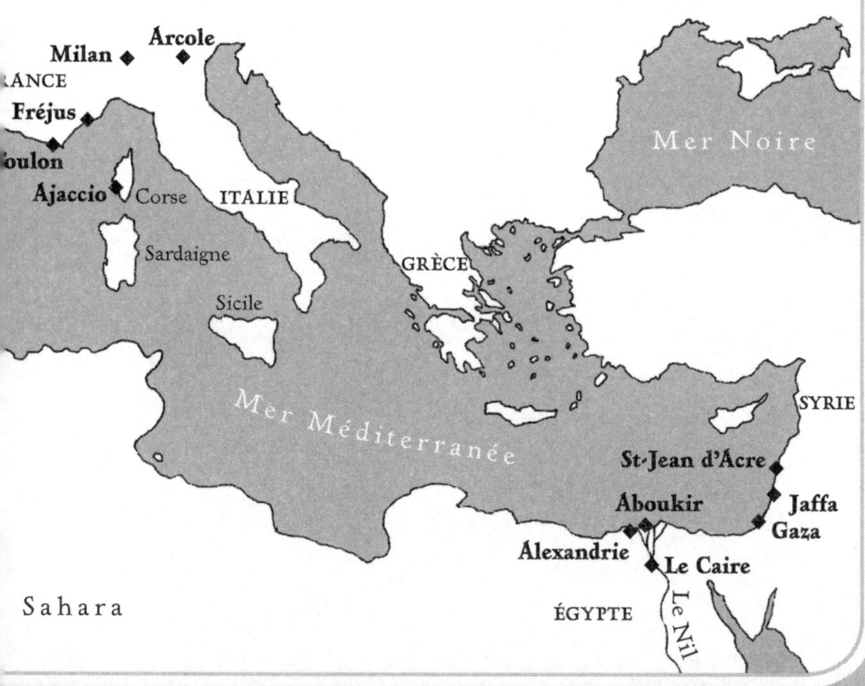

1

Un élève nommé Napoléon

Ils sont deux, debout sur le pont du bateau, les yeux fixés sur la côte. Bientôt, ils ne la verront plus. Ils n'en sont pas loin pourtant, mais le temps est si gris ! Et cette pluie fine qui n'en finit plus de tomber… Est-ce elle qui mouille leurs yeux ?

Le plus grand finit par donner un coup de coude au plus jeune.

– Viens, Napoléon. Allons à l'abri.

Le petit ne répond pas. Ses doigts sont bleus à force d'être crispés sur la rambarde. Le froid le transperce, mais il ne le sent pas. Tant qu'il aura une chance d'apercevoir la terre qu'ils viennent de quitter, il restera là.

Le vent s'engouffre dans les voiles. Les vagues caressent les flancs du navire. L'enfant a le cœur battant. 15 décembre 1778. Cette date, il ne l'oubliera pas. C'est celle de son départ.

Voici quelques heures encore, il foulait le sol de la Corse, son île natale; il écoutait la voix de sa mère égrener les dernières recommandations, et à présent...

– Oh ! Et puis, fais comme tu veux ! Moi, je rentre, clame l'aîné, exaspéré.

Le petit ne lui accorde aucune attention. Il se souvient de la maison qu'il vient de quitter, de sa façade baignée de soleil les jours d'été... Ces souvenirs, personne ne les lui prendra.

Quand la côte disparaît enfin, il est seul sur le pont et le froid l'envahit. Il jette un regard autour de lui et essuie ses yeux d'un geste rageur. Allons, il va avoir dix ans ! Il n'a plus l'âge de pleurer.

– Joseph ! Joseph ! appelle-t-il en courant à son tour se mettre à l'abri.

Quand ils débarquent sur le continent, les deux frères ouvrent de grands yeux. Ajaccio, la ville d'où ils viennent, leur paraissait immense. Mais à côté de Marseille, Ajaccio n'est rien d'autre qu'un gros village. Pas question de traîner cependant. Marseille n'est pas leur destination finale et leur père les houspille.

– Joseph ! Napoléon ! Ne restez pas plantés là ! Dépêchez-vous ! Et surtout, ne vous perdez pas.

Il pleut et il fait de plus en plus froid alors qu'ils remontent vers le nord. Par les fenêtres des voitures qu'ils empruntent, ils découvrent les villes qui jalonnent leur itinéraire : Aix, Lyon, Villefranche-sur-Saône... Autun.

– Nous y sommes, murmure Joseph.

Joseph n'a qu'un an et demi de plus que Napoléon, et il n'est pas plus rassuré que lui. Surtout quand le portier du collège d'Autun les dévisage d'un air sévère avant de marmonner :

– Les frères Bonaparte. Vous arrivez de Corse, n'est-ce pas ?

Ni Joseph ni Napoléon ne répondent. Dans cette phrase, ils n'ont saisi que leur nom, Bonaparte. Pour le reste... Ils ne connaissent pas le français !

Ils prennent alors conscience de ce qu'ils sont : deux petits Corses qui parlent une langue que personne ne comprend sur le continent. Deux frères qui sont ici grâce à la bienveillance du protecteur de leur famille, le comte de Marbeuf.

Leur père les pousse en avant, expliquant en français :

– C'est bien ça. Voici l'aîné, Joseph Bonaparte ; et le cadet, Napoléon Bonaparte.

Ils pénètrent dans un hall glacial, serrés l'un contre l'autre. Napoléon se retourne. Déjà les lourdes portes se referment tandis que leur père leur adresse quelques mots d'adieu avant de tourner les talons.

Il ne leur reste plus qu'à découvrir le collège où ils vivront désormais.

L'hiver s'écoule. Dans ce coin de France, le printemps est tardif, et Napoléon s'étonne : on est début avril et les arbres ne bourgeonnent pas encore !

Il fait part de sa surprise à Joseph qui réplique dans un français teinté d'accent :

– Tu n'es plus en Corse !

– C'est vrai… reconnaît Napoléon dans la même langue et avec le même accent.

En quatre mois, les deux frères ont atteint l'objectif fixé lors de leur arrivée à Autun : ils ont appris le français et ils savent à peu près l'écrire.

– Plus que quelques jours… murmure Joseph.

Un frisson parcourt le dos de Napoléon. Il est à la fois terrifié et très excité. Terrifié, car dans quelques jours, Joseph et lui seront séparés. Excité, car il va intégrer une école militaire.

Quand il entre à l'école de Brienne, Napoléon n'a toujours pas atteint ses dix ans. Il est petit pour son âge, et son corps donne l'impression de flotter dans l'uniforme de drap bleu qu'on lui a fourni. Cet uniforme, il en est fier. Il ne se lasse pas d'en admirer les revers rouges et les boutons blancs, et il s'efforce de se tenir bien droit, pour paraître un peu plus grand.

À Brienne, il ne connaît personne et il ose à peine ouvrir la bouche. Car quand il parle, tous les regards se tournent vers lui. Il est le seul à avoir un accent pareil ! Il est aussi le seul à porter ce prénom.

Les jours se suivent et se ressemblent. Il y a les heures de classe et les récréations. Il y a les repas au réfectoire et les nuits dans les cellules où les élèves sont enfermés chaque soir. Napoléon travaille et passe beaucoup de temps à la bibliothèque. Il écrit aussi. L'hiver, il regarde tomber la neige. L'été, les parfums de son enfance lui manquent. Il pense à Joseph, à son père, à sa mère. Il pense au soleil et aux côtes et aux montagnes de Corse.

Napoléon grandit et les années passent. Il a onze ans, puis douze, treize, puis quatorze, puis quinze. L'âge de quitter Brienne !

Parmi les élèves, les discussions vont bon train. Un après-midi, l'un d'eux interroge le jeune Corse :

– Quelle arme vas-tu choisir ?

– L'artillerie, répond-il aussitôt.

– Il te faudra passer un concours, souligne un autre.

– Je sais… soupire Napoléon.

Le concours, il ne le passera pas. Un jour, il est convoqué par le directeur de l'école.

– Élève Bonaparte, vous avez été choisi, avec trois de vos camarades, pour intégrer l'école militaire de Paris.

Napoléon sait à peine quoi répondre. La prestigieuse école militaire de Paris… Il n'osait pas en rêver !

Quand il pénètre dans Paris, en octobre 1784,

Napoléon a l'impression de revivre son arrivée à Marseille, cinq ans plus tôt. La ville est immense, et il n'a jamais vu autant de monde réuni au même endroit. Il marche dans les rues, étourdi par le bruit. Il lève la tête pour tenter d'apercevoir le ciel. Il sursaute quand un carrosse passe à grand fracas auprès de lui, manquant le renverser. Il s'arrête enfin devant l'école militaire.

Le bâtiment est encore plus beau que ce qu'il avait imaginé. Il hésite. Va-t-il oser franchir ses portes ?

Il se décide enfin et avance, la tête haute. Il n'a que quinze ans, et il va construire son avenir.

2

Le conquérant

Debout sur le pont, le jeune officier guette l'horizon. Bientôt, une ligne va se dessiner sur la mer et il ne veut pas manquer cet instant. Son cœur bat à grands coups dans sa poitrine tandis qu'il cligne des yeux sous l'éclat du soleil. Enfin il distingue ce qu'il attendait : la côte de la Corse !

Le lieutenant Bonaparte se redresse. On est en septembre 1786, il a dix-sept ans, et c'est la première fois qu'il retourne dans l'île.

Sur le quai, un jeune homme lui adresse de grands gestes en criant :

– Napoléon ! Napoléon !

– Joseph ! hurle-t-il à son tour.

Il se précipite à terre, et Joseph entraîne son cadet.

– Viens ! Tu ne vas pas reconnaître la famille…

Joseph a raison. Quand Napoléon et lui ont quitté la Corse, voici presque huit ans, ils avaient un père, une mère, un petit frère et une petite sœur. Aujourd'hui, leur père n'est plus. Il est mort un an auparavant. Heureusement, leur mère est toujours là. Mais durant l'absence de Napoléon, la famille s'est agrandie : il a à présent quatre frères et trois sœurs. Plusieurs sont nés après son départ. Il ne les connaît même pas !

« Il va falloir que je rattrape le temps perdu », songe Napoléon en se jetant dans les bras de sa mère.

Et c'est ce qu'il fait. Il demande permission sur permission à ses supérieurs, et il les obtient. Durant les huit années suivantes, il passe plus de temps dans son île, avec sa famille, que sur le continent, avec son régiment !

En 1789, un événement extraordinaire survient : c'est la Révolution !

Dans tout le pays, sur le continent comme en Corse, un cri résonne : « Liberté ! »

Napoléon suit les nouvelles qui arrivent du continent, et il participe activement aux événements qui se déroulent dans l'île. Les Corses ne sont pas d'accord entre eux. Certains voudraient que leur île soit complètement indépendante. D'autres pas.

En juin 1793, la famille Bonaparte doit s'enfuir et quitter la Corse, abandonnant maison et possessions.

Sur le continent, c'est la guerre civile. Lyon et le sud de la France se sont révoltés : leurs habitants veulent se séparer du reste du pays. La famille Bonaparte erre de ville en ville, sans parvenir à trouver un logement. Elle s'installe finalement à Marseille.

Napoléon, lui, est à Nice où il a rejoint son régiment. Bientôt, la Convention, le gouvernement de la Révolution, décide d'envoyer l'armée contre les révoltés du Midi qui se sont retranchés à Toulon. Napoléon dirige l'artillerie de l'armée chargée de reprendre la ville. Cette mission est d'autant plus importante que les Anglais, ennemis des Français, s'y sont installés ! Il faut à tout prix les en déloger.

Napoléon ne se contente pas de commander l'artillerie. Il imagine un plan pour chasser les Anglais. Et ça marche ! Le nom de Bonaparte est alors sur toutes les lèvres. Il est nommé général de brigade et ils sont nombreux à se poser des questions à son sujet :

– Qui est-il ?

– D'où vient-il ?

– Où a-t-il servi avant Toulon ?

– Est-il vrai que ses hommes l'admirent et lui obéissent aveuglément ?

Oui, c'est vrai. Il n'a que vingt-quatre ans, il est maigre, de taille moyenne, et il a le teint pâle. Ses cheveux tombent sur ses épaules et ses vêtements sont usés. De plus, il parle avec un accent épouvantable ! Pourtant il a l'air tellement sûr de lui, et il lance ses ordres avec tant d'assurance que tout le monde se tait dès qu'il ouvre la bouche.

Voilà pourquoi le nom de Bonaparte est sur toutes les lèvres.

En cette année 1794, la France est en guerre avec plusieurs nations. Les armées de la Révolution se battent contre les Autrichiens, les Italiens, les Anglais... Bonaparte, lui, est nommé à Paris, au bureau des cartes. Il passe son temps à les étudier, notamment celles du nord de l'Italie en partie sous le contrôle des Autrichiens. Il grave dans sa mémoire le tracé des rivières et l'emplacement des ponts pour les traverser. Il étudie la position des villes. Il repère les cols qui permettent de franchir les montagnes. Il élabore des plans de bataille. Il prépare l'invasion de l'Italie du Nord.

Quelque temps plus tard, le gouvernement de la République change. La Convention est remplacée par le Directoire, composé de cinq Directeurs et de deux assemblées, le Conseil des Cinq-Cents et le Conseil des Anciens. Quand le Directoire le nomme général en chef de l'armée d'Italie, en 1796, Bonaparte est prêt.

Il vient de se marier avec Marie-Josèphe Rose de Beauharnais qu'il appelle Joséphine. Il laisse son épouse à Paris et rejoint son armée.

C'est le printemps. L'armée de Bonaparte déferle sur l'Italie à une telle vitesse que ses adversaires n'ont pas le temps de s'organiser pour lui résister.

À Paris, le Directoire suit pas à pas la campagne d'Italie. Bien obligé ! Chaque jour, une nouvelle arrive à la capitale.

Douze avril : l'armée d'Italie remporte sa première victoire à Montenotte.

Quinze avril : les Français sont maîtres de Millesimo.

Vingt-et-un avril : Bonaparte est à Mondovi !

Les membres du Directoire sont stupéfaits. L'un d'eux clame tout haut ce que tous se demandent :

– Jusqu'où Bonaparte ira-t-il ?

– Impossible à prévoir ! réplique un autre. Son armée s'enfonce à l'intérieur des terres.

Mais ils se frottent les mains : non seulement Bonaparte remporte victoire sur victoire, mais en plus, il envoie à Paris les richesses des villes conquises. L'or, les tableaux, la vaisselle précieuse arrivent par chariots entiers. Et la France en a bien besoin ! Car toutes ces années de guerre ont ruiné le pays, et le butin raflé par Bonaparte en Italie aide à remplir les caisses de l'État.

– Personne ne l'arrêtera, murmure l'un des Directeurs.

– Pas même nous, confirme un autre.

Tous ont conscience, en effet, que plus Bonaparte remporte de victoires, plus il devient difficile de lui donner des ordres.

D'ailleurs, Bonaparte n'attend aucun ordre, il décide lui-même de l'avancée de son armée.

Le quinze mai, il entre dans la ville de Milan. L'armée autrichienne recule et se réfugie dans les montagnes du Tyrol.

En juillet, les Français assiègent Mantoue. C'est alors que les Autrichiens reviennent ! Bonaparte réunit un conseil de guerre et déclare :

– Les Autrichiens sont beaucoup plus nombreux que nous. Par ailleurs, nous nous sommes avancés loin à l'intérieur des terres. Nous sommes isolés, coupés de la partie de l'armée qui est restée à Milan...

Les officiers présents retiennent leur souffle. Ils sont persuadés que cette fois-ci, leur chef va annoncer qu'il est temps de reculer. Mais à leur grande stupéfaction, Bonaparte affirme :

– Pourtant, les Autrichiens sont perdus.

– Perdus ? s'exclame un officier.

– Absolument ! Ils ont commis une grave erreur : ils ont séparé leur armée en deux parties qui ne peuvent communiquer entre elles.

Il montre une zone sur la carte qu'il vient de déplier.

– Regardez ! Une partie est ici ; l'autre là. Entre

les deux, il y a un lac. Nous, nous sommes ici, poursuit-il en indiquant Mantoue.

– Mais les deux parties de l'armée autrichienne avancent, objecte un officier. Elles sont en train de contourner le lac. Elles vont se rejoindre et formeront alors une immense troupe.

– Pas si nous sommes plus rapides, rétorque Bonaparte. Nous allons lever le siège de Mantoue et jeter toutes nos forces contre cette partie-là, explique-t-il en désignant une rive du lac. Quand nous l'aurons vaincue, nous nous attaquerons à l'autre.

Aussitôt dit, aussitôt fait.

Quelques jours plus tard, la stupéfiante nouvelle arrive à Paris :

– Bonaparte a gagné ! Il a repoussé les Autrichiens !

En France, la population entière suit les aventures de l'armée d'Italie. Car Bonaparte s'assure que tous sont informés de ses exploits. Il crée des journaux, écrit ou fait écrire des articles. Les journaux passent de main en main. Des images montrant les soldats et leur jeune général circulent. Plus personne n'ignore le nom de Bonaparte. La légende commence : rien n'arrêtera l'armée d'Italie.

3

BONAPARTE GÉNÉRAL EN CHEF

C'est l'été. Le nord de l'Italie ruisselle de chaleur. Bonaparte en est le maître. Il apporte aux Italiens le parfum de la Révolution. Car si la France est entrée en guerre contre plusieurs pays d'Europe, c'est bien pour cette raison : exporter les idées de la Révolution chez ses voisins.

– Comme nous, les Italiens veulent entendre résonner le mot « Liberté » ! déclare Bonaparte.

Les soldats l'acclament. Avec lui, tout paraît possible !

Mais les Autrichiens n'ont pas dit leur dernier mot. En Allemagne, ils ont remporté des victoires contre l'armée française. Il n'y a aucune raison pour qu'il n'en soit pas de même en Italie.

À l'automne, les voilà de retour, toujours plus nombreux que les Français.

Cela n'effraie pas le jeune général qui entraîne l'ennemi dans une région marécageuse. Il conduit ses soldats le long d'une rivière en expliquant :

– Nous traverserons à Arcole. Nous serons alors en bonne position pour attaquer.

Mais le pont d'Arcole est bien défendu et ses soldats hésitent à s'y engager. Bonaparte se saisit alors d'un drapeau et bondit en hurlant :

– Suivez-moi !

Les officiers lui emboîtent le pas. Les armes crépitent et des hommes tombent. Soudain, Bonaparte recule de quelques pas et ceux qui sont à ses côtés l'imitent. Sur la rive, les soldats français s'affolent et s'enfuient. Pris dans la bousculade, Bonaparte tombe à l'eau ! Son frère Louis vole à son secours. Bonaparte est trempé, mais sauf. Son armée se replie.

L'attaque est manquée... Qu'importe ! Bonaparte remportera la victoire deux jours plus tard, le 17 novembre 1796.

Il ne s'arrête pas là. Il poursuit les Autrichiens qui ne cessent de reculer. Il part à l'assaut des Alpes. Où veut-il aller ?

– À Vienne ! répond-il quand on lui pose la question.

Et il tient parole. Enfin presque. Il n'a en effet pas besoin d'entrer dans la ville, les Autrichiens s'inclinent, en avril 1797, alors que l'armée française approche.

Cette fois, la campagne d'Italie est terminée, et en France, Bonaparte est acclamé comme un héros. Un peintre, Antoine-Jean Gros, réalise un grand tableau : *Bonaparte au pont d'Arcole.* On y voit le jeune général, les cheveux au vent, entraînant son armée vers la victoire. On s'arrache les images réalisées à partir de ce tableau. Tout le monde veut avoir chez lui le portrait du vainqueur qui fait rêver le peuple.

À Paris, le Directoire s'inquiète de cette popularité. Surtout que Bonaparte a à présent la mauvaise habitude de prendre ses propres décisions sans attendre les ordres du gouvernement. Mais comment protester ? L'Italie est riche, et les convois d'or et d'argent continuent à arriver en France.

La France... Bonaparte n'a qu'une idée : y retourner. En Italie, il a prouvé qu'il était un chef militaire de génie. Il a aussi imposé son pouvoir en réorganisant les régions conquises.

Mais le véritable pouvoir est à Paris, et il le sait. Alors, début décembre 1797, il rentre à la capitale et affirme à ses proches :

– Nous sommes mal gouvernés. Je sais, moi, ce qu'il faudrait faire pour redresser le pays.

Il dit aussi :

– Depuis le début de la Révolution, de nombreuses erreurs ont été commises. Beaucoup a été démoli, rien n'a été construit. Tout reste à faire ! À présent, nous avons besoin d'un gouvernement honnête et fort.

En fait, Bonaparte rêve de s'emparer du pouvoir. Mais il juge que c'est trop tôt. La France n'est pas prête, et lui non plus.

Et le Directoire ? Il trouve Bonaparte vraiment très encombrant ! Le mieux serait de lui confier une nouvelle mission qui l'éloignerait de Paris. Reste à trouver cette mission…

La paix a été signée avec les Autrichiens, mais la guerre continue avec les Anglais. Un jour, Bonaparte reçoit un ordre : le Directoire le charge d'envahir l'Angleterre.

Bonaparte réfléchit. L'Angleterre est une île.

Pour l'envahir, il faut une flotte militaire nombreuse et puissante. Or cette flotte, la France ne l'a pas. Bonaparte ne veut pas risquer un échec : il perdrait aussitôt l'admiration que le peuple lui porte. Aussi déclare-t-il :

– J'ai une autre idée. L'Angleterre est forte grâce à son commerce. Elle envoie ses bateaux aux Indes. Ils reviennent chargés d'épices et de denrées précieuses que les Anglais nous revendent à prix d'or, à nous et aux autres pays d'Europe. Voilà ce qui enrichit l'Angleterre ! Et pourquoi réussit-elle ? Parce qu'elle contrôle la route des Indes.

Les membres du Directoire hochent la tête. Jusque-là, Bonaparte a raison. Mais où veut-il en venir ? Ils ne vont pas tarder à le savoir, car le jeune général enchaîne :

– La route des Indes passe par l'Égypte. D'abord par Le Caire, puis par Suez. Prenons le contrôle de l'Égypte et nous mettrons l'Angleterre en danger sans avoir à l'affronter sur la mer.

Le Directoire n'hésite pas longtemps. Au printemps 1798, Bonaparte est nommé général en chef d'une nouvelle armée : l'armée d'Orient.

Bonaparte se met aussitôt au travail. Il rassemble et équipe des bateaux tout en gardant le secret sur la destination finale.

Sur ces navires, il n'y aura pas que des soldats. Car Bonaparte a une autre idée : emmener avec lui une équipe de savants. En effet, l'Égypte a une longue histoire, brillante, mais mal connue. Les savants auront pour mission de visiter le pays et de le faire connaître à toute l'Europe.

Où Bonaparte va-t-il trouver ces savants ? À l'Institut de France dont la mission est, justement, de regrouper tous les savoirs. On y rencontre aussi bien des ingénieurs que des poètes, des écrivains ou des peintres. Mais ce n'est pas facile de les convaincre...

– On nous demande d'abandonner l'ensemble de nos activités et d'embarquer pour on ne sait où avec le général Bonaparte ! s'exclame l'un d'eux, perplexe.

– Et pour combien de temps ?

– On l'ignore aussi !

Certains acceptent avec enthousiasme, d'autres refusent. Au total, ce sont plus de cent cinquante savants qui répondent à l'appel de Bonaparte.

Le 19 mai 1798, la flotte française s'élance

vers l'Égypte. Sur le pont de l'*Orient*, Bonaparte respire l'air marin à pleins poumons. Le regard brillant, il fixe l'horizon. Il va combattre les Anglais et conquérir l'Égypte. Et avec son équipe de savants, il va aussi mettre en application les grandes idées de la Révolution : apporter les connaissances de l'Europe aux Égyptiens ; faire connaître aux Européens une grande civilisation.

4

Les pyramides d'Égypte

Quand la flotte française arrive en vue des côtes égyptiennes, les savants ont hâte de débarquer et de commencer leur travail. Il leur faudra attendre. Debout sur le pont, Bonaparte observe la ville d'Alexandrie qui domine une côte aride.

– Alexandrie n'est qu'une halte, explique-t-il. Nous allons longer le rivage, puis emprunter un bras du Nil, le grand fleuve égyptien. Il nous conduira à notre but : Le Caire.

À cet instant, un messager lui apporte une étrange nouvelle :

– Les Anglais étaient ici pas plus tard qu'hier !

Bonaparte fronce les sourcils. La flotte anglaise est dirigée par un homme redoutable : l'amiral Nelson. Si celui-ci apprend que les Français sont aux portes d'Alexandrie, il fera aussitôt demi-tour, et Bonaparte devra l'affronter. Sans perdre une minute, il annonce :

– Nous allons débarquer. Nous irons au Caire par les terres. Une flottille nous rejoindra par le Nil. Le gros de la flotte reste ici.

La nuit est tombée et la mer a forci. Cela n'arrête pas les Français. Des chaloupes sont mises à la mer. Les hommes s'y entassent et empoignent les rames. Ils n'y voient pas grand-chose. Ils savent juste que la côte est là, droit devant, et qu'ils doivent éviter de se fracasser contre les récifs du rivage.

Au fur et à mesure que les chaloupes accostent, la lune se lève. Elle éclaire un paysage désertique et d'une étrange blancheur.

Enfin, une faible lueur paraît. C'est l'aube. Bonaparte lance des ordres et l'armée se met en marche vers Alexandrie. Soudain, un groupe de cavaliers surgit sur l'horizon. Des coups de feu claquent. Les Français ripostent. La bataille d'Alexandrie est commencée.

Des heures après, les soldats français déambulent dans les rues d'Alexandrie vaincue.

Des rues ? Non. Des ruelles, plutôt. Étroites, sales, malodorantes, et bordées de maisons misérables.

– C'est ça, l'Égypte ? s'exclame un soldat avec dégoût.

– Où sont les richesses que l'on nous a promises ? interroge un autre.

– Et regardez ces gens… murmure un troisième en désignant la population vêtue de haillons.

– C'est ce pays qui a un si long passé et une si belle histoire ? s'étonne un quatrième.

Les soldats qui ont fait la campagne d'Italie sont terriblement déçus. Ils veulent bien se battre, mais ce pays est si misérable… Que vont-ils y gagner ?

Bonaparte ne les laisse pas réfléchir.

– Le Caire nous attend ! déclare-t-il. En route !

Et d'un large geste du bras, il désigne la vaste étendue qui s'ouvre devant eux : le désert.

Sous le soleil brûlant, les hommes, soldats, officiers, savants, avancent en silence. Ils n'osent pas lever les yeux. Devant ? Le désert. Derrière ? Le désert. À droite, à gauche ? Le désert. L'horizon ? Flou et noyé d'une brume d'eau.

Une brume d'eau qui n'existe pas, ils l'ont vite compris. Ce n'est qu'une illusion, un mirage.

Les pieds raclent le sol. Les vêtements, en laine, grattent les corps. Les sacs chargés de vivres sont de plus en plus lourds. Soudain, un homme jette le sien sur le sable avec un horrible juron. Il poursuit son chemin sans se retourner. Le sac reste sur le sable, abandonné. Un autre le rejoint, puis un troisième, un quatrième... Bientôt, des dizaines de sacs signalent que l'armée de Bonaparte est passée par là.

Les hommes qui ont abandonné leurs affaires n'ont plus rien. Quelques heures plus tard, ils sont dévorés par la faim et la soif. Certains s'écroulent et ne se relèvent pas. Et le désert est immense.

Dix jours après, des cris retentissent enfin :

– De l'eau ! De l'eau !

– Encore un mirage, grognent les soldats, épuisés.

Pas du tout. Cette eau-là est bien réelle. Elle coule en grande quantité entre deux berges sur lesquelles des villages sont installés. C'est un fleuve. Un vrai fleuve !

– Le Nil, murmure Bonaparte. Nous avons réussi.

Personne n'ose dire tout haut ce que beaucoup pensent tout bas : la traversée du désert a coûté la vie à des centaines d'hommes.

Au bord du Nil, les soldats revivent. Surtout qu'ils ne sont plus seuls ! La flottille est arrivée elle aussi. Ils se retrouvent avec joie, et aussitôt, l'ensemble repart vers Le Caire, en suivant le Nil.

Dès le lendemain, des centaines de cavaliers accourent du fond du désert. Ce sont des mamelouks, de redoutables guerriers. Ils portent des tenues ornées d'or et d'argent et brandissent des carabines et des pistolets. Ils lancent leurs chevaux au grand galop et déferlent vers le fleuve en hurlant et en tirant des coups de feu. Mais les Français ne sont pas attaqués seulement sur la terre ! Ils le sont aussi sur le Nil. Car des bateaux ont surgi et naviguent à la rencontre des vaisseaux de Bonaparte.

Les assaillants sont très nombreux et très décidés. Ils ont cependant un gros défaut : ils sont mal organisés et n'obéissent pas toujours aux ordres. Si bien que les Français ont rapidement le dessus et poursuivent leur route vers Le Caire.

Le 21 juillet, la chaleur n'a jamais été aussi brûlante. Pourtant, parmi les soldats de Bonaparte, rares sont ceux qui pensent à cet instant à la soif et au soleil. Un étonnant spectacle se dessine sous leurs yeux.

D'un côté, de gigantesques formes triangulaires dressent leurs sommets à l'assaut du ciel. L'air est si chaud qu'elles semblent frémir alors qu'elles sont parfaitement immobiles !

De l'autre, l'horizon est hérissé de tours fines et dentelées rassemblées derrière les remparts crénelés d'une citadelle.

Enfin, le long du fleuve, les somptueux habits de centaines de cavaliers accrochent les rayons du soleil tandis que leurs chevaux piaffent d'impatience.

– Les pyramides, murmure un soldat sans pouvoir détacher son regard des masses gigantesques.

– Les minarets, observe un autre en désignant les tours derrière les remparts.

– Les mamelouks ! s'écrie un troisième en observant les cavaliers prêts à engager le combat.

Il n'a pas le temps d'en dire plus : la bataille des Pyramides commence.

5

UN RETOUR TRIOMPHAL

Deux jours plus tard, les Français victorieux entrent au Caire. Les voilà maîtres de l'Égypte... mais les Anglais n'ont pas dit leur dernier mot ! L'amiral Nelson a fini par apprendre que Bonaparte avait débarqué à Alexandrie et que le gros de sa flotte s'y trouvait toujours, dans la baie d'Aboukir. Aussitôt, il fait voile vers Aboukir et attaque. Les Français ont beau se défendre, ils ne peuvent résister. Leurs bateaux sont anéantis.

Bonaparte est peut-être maître de l'Égypte, mais il en est surtout le prisonnier ! Il n'a presque plus de bateaux à sa disposition. Et surtout, les Anglais organisent le blocus du pays : rien ni personne ne peut en sortir, ni y entrer. Pas même les nouvelles en provenance ou à destination de la France !

Qu'importe… Bonaparte décide de s'occuper de ce pays et de son gouvernement. Il fera comme en Italie : il se passera des ordres du Directoire.

Il réorganise donc l'administration, la police et la justice.

Il instaure de nouvelles lois.

Il n'oublie pas non plus l'un des buts de la campagne d'Égypte : étudier le formidable passé de ce pays. Pour cela, il fonde l'Institut d'Égypte où se réuniront les savants qu'il a emmenés avec lui.

Les savants sont ravis, car les sujets d'étude ne manquent pas. Ils parcourent le pays ; ils explorent de mystérieux monuments ; ils étudient le mode de vie et les coutumes des Égyptiens ; ils observent les oiseaux et les plantes ; ils découvrent des poissons inconnus. Ils rapporteront en France des milliers d'informations, de dessins et de croquis.

Les artistes, eux, ne se lassent pas de dessiner ce qui se passe dans les rues du Caire. Ici, rien ne ressemble à Paris. On croise des autruches et des charmeurs de serpents ; des ânes chargés de marchandises déambulent dans les rues ; il y a un marché aux esclaves ; et une foule de bateaux naviguent sur le Nil, apportant à la ville ce dont elle a besoin.

Les mois passent.

En février 1799, dix mois après s'être installé au Caire, Bonaparte décide d'envahir la Syrie. Voilà l'armée française repartie en campagne. Il conduit d'abord son armée à Gaza, à Jaffa, à Saint-Jean d'Acre. Ses soldats sont épuisés. Beaucoup meurent de maladie, et Saint-Jean d'Acre se révèle imprenable. Bonaparte sait que la France ne lui enverra aucun secours. Il décide de revenir au Caire.

Sur la route du retour, il réfléchit. La Méditerranée le sépare de la France et elle est contrôlée par les Anglais. Ici, en Égypte, le rêve de mettre l'Angleterre en danger s'est éteint. Il n'a plus ni les moyens ni l'armée pour l'accomplir. Que faire, alors ? La réponse s'impose à lui, évidente : rentrer à Paris.

Mais il reçoit si peu de nouvelles de la France ! Il ignore ce qui s'est passé à Paris durant son absence. Et s'il arrivait trop tard ?

Trop tard pour quoi ? Pour s'emparer du pouvoir, bien sûr ! Dès qu'il regagne Le Caire, il organise son retour dans le plus grand secret.

Le 22 août 1799, il quitte l'Égypte après avoir confié le commandement de l'armée au général Kléber. Son navire se faufile entre les bateaux anglais qui bloquent toujours le pays. Après plus d'un mois de navigation, il approche de Fréjus, dans le sud de la France.

Là, il apprend les dernières nouvelles : la guerre contre l'Autriche a repris ! Pire encore, la France est aussi en guerre contre la Russie... sans parler de l'Angleterre. Tout va mal. Il se demande comment il va être accueilli.

C'est le matin, et le navire qui ramène Bonaparte danse sur les flots au large de Fréjus. Très vite, le rivage est noir de monde. La nouvelle a circulé à toute allure :

– Bonaparte est de retour !

En un instant, une foule immense s'est rassemblée sur les quais. Des cris fusent :

– Vive Bonaparte ! Vive Bonaparte !

La mer se couvre d'embarcations qui viennent à la rencontre du jeune général. Il n'a pas le temps de réfléchir. Il est enlevé par des hommes enthousiastes et porté jusqu'à la terre. La foule crie :

– Vive la République !

– Vive le sauveur de la France !

Il peine pour rejoindre la voiture qui l'attend. La voiture peine pour s'ébranler et se frayer un chemin dans les rues encombrées. Tout le monde veut voir Bonaparte, le saluer, le toucher. Enfin, le véhicule parvient à se dégager et les chevaux s'élancent.

Direction le nord, la capitale, Paris.

6

Vers le pouvoir

Sur les routes qui mènent à la capitale, l'enthousiasme est immense. Dès que la voiture de Bonaparte est annoncée, la population accourt pour l'acclamer. Les cloches des églises sonnent à toute volée. Les villes sont illuminées, et des drapeaux aux couleurs de la République flottent au vent. Dans chaque cité, Bonaparte est accueilli par les autorités tandis que les soldats présentent les armes sur son passage.

Il traverse ainsi Aix-en-Provence, Avignon, Montélimar, Valence. À Lyon, l'enthousiasme est à son comble. On danse dans les rues. La foule crie :

– Vive Bonaparte qui vient sauver la patrie !

Pour gagner du temps, il décide d'éviter la route principale, et de gagner la capitale par des chemins détournés. Il a une autre raison d'agir ainsi : il ne veut pas déplaire aux membres du Directoire en faisant dans Paris une entrée trop remarquée. Voilà pourquoi c'est en toute discrétion qu'il rejoint son domicile.

Dès son arrivée, Bonaparte commence à rencontrer ceux qui pourraient l'aider à parvenir à ses fins. S'il veut le pouvoir, il doit s'en emparer par la force. Cela s'appelle un coup d'État.

Ses frères, Joseph et Lucien, sont députés, et ils l'aident à le préparer. Mais Bonaparte s'impatiente :

– Les Français en ont assez ! Ils veulent un gouvernement fort et stable. Ils me veulent, moi.

– Nous allons y arriver, promet Lucien. D'abord, il faut que les deux assemblées s'installent hors de Paris. Ainsi, nous ne prenons pas le risque que le peuple intervienne dans les débats.

– Et comment vas-tu provoquer ce déplacement ? demande Bonaparte soudain très intéressé.

– Facile ! s'exclame Lucien. Tu l'as sans doute appris : des opposants au régime actuel complotent contre la République. Nous allons dire qu'à Paris les assemblées ne sont pas en sécurité, et qu'il vaut mieux qu'elles aillent siéger ailleurs. À Saint-Cloud, par exemple. Là-bas, nous aurons les mains libres.

– D'accord ! souffle Bonaparte. Et ensuite ?

– Je suis le président du Conseil des Cinq-Cents. Je déclarerai que la République est en danger et que nous devons discuter de la meilleure façon de la sauver.

– Je suis la meilleure façon de sauver la France ! riposte Bonaparte.

– Oui, mais il est indispensable que les assemblées le reconnaissent. Sinon, le peuple sera contre nous. Laisse-moi faire…

Le dix-huit brumaire de l'an VIII, neuf novembre 1799, les deux assemblées votent leur transfert à Saint-Cloud, comme l'a prévu Lucien. Elles s'y rendent dès le lendemain, et Bonaparte est nommé à la tête des troupes chargées de les défendre.

Et le Directoire ? Il n'existe plus ! Ses membres ont démissionné ou ont été enfermés.

Au château de Saint-Cloud, le Conseil des

Cinq-Cents s'est réuni dans une salle, et le Conseil des Anciens dans une autre. Que doivent-ils faire ? Former un gouvernement provisoire en nommant trois consuls pour remplacer le Directoire. Évidemment, selon le plan de Lucien, l'un de ces trois consuls sera Bonaparte.

Dans les deux salles, les discussions durent et durent. Elles durent tellement qu'à l'extérieur Bonaparte s'impatiente.

– J'y vais ! s'exclame-t-il soudain.

Personne n'a le temps de le retenir. Le voilà qui bondit, ouvre les portes de la salle du Conseil des Anciens, et ordonne :

– Silence ! Et écoutez-moi ! Je sais ce que vous imaginez : que je veux mettre en place un gouvernement militaire... C'est faux ! Je n'ai toujours combattu que pour la République. Quant à vous, vous devez sauver ces deux choses pour lesquelles nous avons fait tellement de sacrifices : la liberté et l'égalité. Vous y parviendrez si vous me choisissez et...

Bonaparte poursuit son discours, et plus il parle, plus il s'énerve !

Son intervention n'est pas du tout appréciée. Jamais on n'a vu un militaire se permettre d'entrer dans un endroit où les députés sont réunis ! Quelqu'un lance :

– Dehors, Bonaparte !

Le cri est repris par des dizaines de voix :

– Bonaparte, dehors ! Bonaparte, dehors !

Devant ces hurlements, Bonaparte commence à reculer et finit par sortir. Mais il n'en a pas terminé. Le Conseil des Anciens n'a pas voulu l'écouter ? Ça ne fait rien. Il va aller parler au Conseil des Cinq-Cents !

Il entraîne deux soldats avec lui et ouvre à grand fracas les portes de la salle du Conseil des Cinq-Cents. Là aussi, il est très mal accueilli… À peine a-t-il commencé à parler que les cris fusent :

– Hors-la-loi ! Hors-la-loi !

– À bas le tyran !

– Vive la République !

Cela ne l'arrête pas. Il s'avance pour mieux se faire entendre. Lucien est stupéfait. Jamais il n'aurait pensé que son frère interviendrait dans les débats !

À présent, les députés sont très en colère. Ils se jettent sur Bonaparte et commencent à le frapper. Les deux soldats qui l'accompagnent font tout pour le protéger et réussissent à l'arracher à l'assemblée en colère. Bonaparte se retrouve dans la cour du château, à bout de souffle, le visage griffé, l'uniforme en bataille.

Dans la salle des Cinq-Cents, le plus grand désordre règne. Tout le monde parle en même temps, et les opposants à Bonaparte en profitent pour essayer de s'emparer du pouvoir. Mais Lucien veille. Il réussit à sortir et file avertir les soldats :

– Citoyens soldats ! Des députés veulent prendre le pouvoir ! Au nom du peuple, vous devez les en empêcher ! C'est notre liberté qui est en jeu !

Aussitôt, les tambours résonnent dans la cour du château et les soldats interviennent. En un rien de temps, la salle est évacuée et les députés s'éparpillent dans la ville de Saint-Cloud.

Mais il y a un problème : ils n'ont toujours pas élu les trois consuls ! Vite, Lucien s'occupe de faire revenir une partie d'entre eux. Bientôt, ils sont suffisamment nombreux pour que le vote ait lieu. Les trois consuls sont enfin choisis : Bonaparte est l'un d'eux.

La journée a été rude, mais Bonaparte a atteint

son but : le voilà sur la route du pouvoir. Car le poste de consul n'est qu'une étape. Il a le pouvoir, et il ne le lâchera plus. Quelque temps plus tard, il est nommé Premier consul pour une durée de dix ans. Un peu plus tard, en 1802, consul à vie.

Mais cela n'est pas encore suffisant…

7

Empereur des Français

Le 15 août 1802, Bonaparte fête son trente-troisième anniversaire.

Une superbe fête est organisée pour l'occasion. Il y a un concert et des feux d'artifice; tous les monuments de Paris sont illuminés; des réceptions et un grand dîner réunissent de nombreux invités.

– C'est un anniversaire royal, murmure-t-on.

Royal ? Bonaparte songerait-il à la couronne ? Si on lui pose la question, il ne dit pas non. Mais il précise :

– Pas celle d'un roi, naturellement !

Devant l'air surpris de ceux qui l'écoutent, il explique :

– Je pense à un empire; l'empire des Français.

Le 18 mai 1804, Bonaparte a atteint son but :

le Sénat le proclame empereur des Français sous le nom de Napoléon Ier.

2 décembre 1804.

Toute la nuit, il a neigé sur Paris. Depuis la pointe du jour, à chaque heure, une salve d'artillerie éclate. Elle annonce le grand événement qui se prépare : le sacre de Napoléon Ier.

À l'aube, la neige cesse et le brouillard s'installe. Cela n'empêche pas les embouteillages dans les rues de la capitale. En effet, tous les invités se rendent au lieu choisi pour la cérémonie : la cathédrale Notre-Dame.

Bientôt, le cortège du pape est annoncé. Car Napoléon a réussi cet exploit : convaincre Pie VII de lui apporter sa bénédiction.

À Notre-Dame, tout est prêt et tous attendent. Il manque juste le principal intéressé : Napoléon ! Le cortège de l'empereur est en retard. Il avance lentement dans les rues. Le brouillard s'est levé, et vingt-cinq carrosses se suivent, accompagnés de nombreux véhicules et cavaliers. Six chevaux sont attelés à chaque carrosse, excepté celui de l'empereur, éclatant d'or et de peintures précieuses, qui en compte huit.

Des cascades de feuilles, des tentures, des tapis colorés sont accrochés aux balcons des immeubles. Pour l'occasion, de grands travaux ont été entrepris à Paris, et les rues ont été soigneusement nettoyées.

Bientôt, le cortège impérial arrive devant la cathédrale. L'empereur pénètre à l'intérieur. Il porte une longue robe de satin blanc brodée d'or, des gants blancs, de fines chaussures blanches et or, et un grand manteau de velours rouge parsemé d'abeilles d'or, doublé de satin blanc et bordé de fourrure.

L'impératrice Joséphine est superbement coiffée : des milliers de boucles encadrent son visage. Un somptueux manteau rouge est posé sur sa robe blanche et or.

La cathédrale est pleine à craquer quand le couple impérial s'avance vers le pape. D'abord, Pie VII fait prêter serment à Napoléon qui promet, entre autres, de faire observer la loi et de rendre la justice à tous ses sujets.

Ensuite le pape donne l'onction à l'empereur et à l'impératrice : il verse un peu d'huile sainte sur leurs têtes et leurs mains. Enfin, c'est le moment du couronnement. Napoléon prend la couronne de laurier d'or qui est posée sur l'autel et la place sur son front.

Puis il saisit la seconde couronne et l'élève au-dessus de sa tête. Joséphine s'est agenouillée devant lui. Napoléon l'observe quelques instants avant de poser délicatement la couronne sur le diadème de l'impératrice.

Des chants s'élèvent et le couple impérial gagne le grand trône situé au centre de la cathédrale. Le pape les rejoint, prononce un discours et embrasse l'empereur. Les vivats éclatent alors :

– Vive l'empereur ! Vive l'impératrice !

Notre-Dame résonne de cris joyeux. Des centaines de bougies et de torches l'éclairent d'une belle lumière chaude.

Napoléon laisse son regard errer sur la foule rassemblée à ses pieds ; il écoute les vivats. À cet instant précis, peut-être se souvient-il alors du petit garçon de neuf ans, parti de son île un matin de décembre 1778, les yeux embués de larmes ou de la pluie qui tombait ce jour-là. Peut-être se souvient-il de ses mains crispées sur la rambarde du bateau qui l'emportait sur la mer, et de son cœur qui battait si fort dans sa poitrine. Peut-être se souvient-il de ses rêves d'enfant.

POUR EN SAVOIR PLUS SUR L'HISTOIRE DE NAPOLÉON BONAPARTE

On connaît l'histoire de Napoléon Bonaparte d'abord par les textes. Ces textes ont été écrits par des personnes ayant vécu à cette époque. Bonaparte a lui-même laissé de nombreux écrits, comme des lettres ou des discours. Parmi ceux qui l'ont accompagné en Italie ou en Égypte, plusieurs ont rédigé leurs mémoires où ils racontent ce qu'ils ont vécu. On connaît aussi cette histoire grâce aux journaux de l'époque, aux nombreux dessins et tableaux que l'on a conservés. Enfin, on connaît cette histoire grâce aux historiens qui ont travaillé sur la vie de Napoléon Bonaparte.

Qui est Napoléon Bonaparte ?

L'empereur des Français.
Napoléon Bonaparte est né en Corse, à Ajaccio, le 15 août 1769.
Quand la Révolution éclate, il est militaire. Il se fait connaître au moment de la campagne d'Italie. Il devient consul, puis Premier consul, puis consul à vie, puis empereur des Français en 1804.

Combien de temps Napoléon Ier a-t-il été empereur ?

Onze ans.
Durant son règne, Napoléon Ier passe une grande partie de son temps à la guerre contre l'Angleterre, l'Autriche, la Russie… Quand la France finit par être vaincue, il doit abdiquer, c'est-à-dire renoncer à régner. Il meurt en exil à Sainte-Hélène, une île située dans l'océan Atlantique, le 5 mai 1821.

Qui Napoléon Bonaparte a-t-il épousé ?

D'abord Joséphine, puis l'archiduchesse Marie-Louise d'Autriche.
Le mariage de Napoléon Bonaparte et de Joséphine se termine par un divorce en 1809. En 1810, l'empereur épouse Marie-Louise d'Autriche, la fille de l'empereur François Ier d'Autriche. Ils auront ensemble un enfant, Napoléon François Charles Joseph Bonaparte.
Il naît le 20 mars 1811.
Il est aussi connu sous le nom de l'Aiglon.

Qui est Joséphine ?

L'impératrice des Français.
Marie-Josèphe Rose Tascher de La Pagerie est née à Trois-Îlets, en Martinique, en 1763. Elle épouse d'abord le vicomte de Beauharnais avec qui elle a deux enfants. Elle est veuve en 1794, et épouse Napoléon Bonaparte en 1796. Mais le couple reste sans enfants. Napoléon voulant absolument un héritier, il répudie Joséphine en 1809.

Qui a succédé à Napoléon Bonaparte ?

Louis XVIII.
Après le départ de Napoléon en exil, la royauté revient au pouvoir. C'est la Restauration. Le nouveau roi est Louis XVIII, le petit-fils de Louis XV.

Que doit-on à Napoléon Bonaparte ?

Une foule de choses. Napoléon Bonaparte a réorganisé l'administration publique et renforcé son pouvoir. Il a créé la Banque de France, seul organisme à pouvoir fabriquer des billets. Il a aussi créé une nouvelle monnaie, le franc germinal.
Il est à l'origine du Code civil, un ensemble de lois qui fixe les relations entre les personnes d'un même pays.
Il a créé les lycées et la Légion d'honneur…

Qu'est-ce que l'égyptologie ?

L'étude de l'Égypte ancienne.
Les travaux des savants qui ont accompagné Napoléon Bonaparte en Égypte ont donné lieu à une foule de livres. *Description de l'Égypte*, en particulier, est un énorme ouvrage dans lequel ont été réunis une grande partie des observations, des croquis et des dessins des savants et des artistes. *Description de l'Égypte* est à l'origine de l'égyptologie moderne.

Table des matières

Hélène Montardre

Hélène Montardre est écrivain. Elle a écrit de nombreux livres : romans, contes, récits, albums et documentaires.

Aux éditions Nathan, elle a déjà publié *Le fantôme à la main rouge*, *Persée et le regard de pierre*, *Zeus à la conquête de l'Olympe*, *Ulysse l'aventurier des mers*, *Alexandre le Grand – Jusqu'au bout du monde*, les romans de la collection « Petites histoires de la mythologie », les romans de la collection « Petites histoires de l'histoire » et les romans de la collection « Les Apprentis chercheurs ».

petites histoires de l'HISTOIRE

DÉJÀ PARUS

Vercingétorix contre Jules César
La prise de la Bastille
Catastrophe à Pompéi
Le voyage de Christophe Colomb
Versailles, le défi du Roi-Soleil
Le destin de Napoléon Bonaparte